APRENDIZ DE CABALLERO

Vivian French   David Melling

COMBATE
EN EL CASTILLO

EDELVIVES

Traducido por Alejandro Tobar
Título original: *Combat at the Castle*

Publicado por primera vez en el Reino Unido
por Hodder Children's Books en 2016

© Hodder Children's Books, 2016
© De esta edición: Grupo Editorial Luis Vives, 2017

Edelvives Talleres Gráficos. Certificado ISO 9001
Impreso en Zaragoza, España

ISBN: 978-84-140-0654-2
Depósito legal: Z 495-2017

Para los maravillosos niños y niñas
de la escuela anglicana de primaria
Tarporley, con cariño
V. F.

Para Bruno, Nina y Sunčica Sunajko,
y en recuerdo de Đuro Sunajko
D. M.

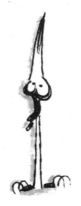

Sam J. Butterbiggins
y Dandy, el pájaro garabato

Tío
Archibald

Gusano
Nudoso

Prunella

Tía Eglantine

Sir Giles

Cascabeles

ÍNDICE

DEMASIADA NIEVE

Querido diario:

Es posible que este sea el peor de los
peores días de mi vida. Lo que más deseo
en el mundo es convertirme en un auténtico
noble caballero, y ya estaba convencido de
que iba a suceder DE VERDAD (porque solo
me falta cumplir dos misiones), cuando
¡se ha puesto a nevar! La tía Egg nos ha
dicho a Prune y a mí que no podemos salir,
de modo que estoy atrapado en el Castillo
Mothscale hasta que vuelva a lucir el sol.
Esto es un aburrimiento TOTAL... Ojalá
mi madre y mi padre nunca me hubieran
enviado aquí. Y encima hace un frío que
pela, porque la tía Egg es una tacaña

y se niega a encender las chimeneas hasta la hora del té. Anoche ni siquiera se oyó aullar a los lobos del bosque; supongo que ellos estarán tan panchos en su acogedora madriguera. ¡Ya me gustaría a mí estar en una acogedora madriguera!

¡Vaya LATA! Ya he conseguido resolver cuatro de las misiones para convertirme en caballero: tengo a mi fiel compañera (la prima Prune), a mi yegua blanca como la nieve (Dora), mi espada y mi escudo. El pergamino mágico está escondido bajo el heno de las caballerizas de la tía Egg (ella no lo sabe); todo está listo para emprender nuestra próxima misión pero... ¡no podemos salir del castillo!

Sam dejó a un lado la pluma y miró
a través de la ventana de su dormitorio. Fuera,
los copos de nieve se
arremolinaban y
revoloteaban como
si nunca fueran
a dejar de caer,
y el joven suspiró.

—Dandy, ¿qué
crees que ocurrirá si no logramos cumplir hoy
la quinta misión? ¿Impedirá que me convierta
en un noble caballero?

El pájaro garabato ladeó la cabeza.

—¡CROO! —dijo—. ¡CROO!

—¿En serio? —A Sam se le iluminó el rostro—.
¿Crees que deberíamos leer el pergamino pase
lo que pase?

El pájaro garabato asintió.

—¡CROO!

—¿Aunque no nos dejen salir?

El pájaro garabato asintió de nuevo, con más ahínco.

—¡CROO!

Sam pegó un brinco.

—¡Vamos a buscar a Prune!

Como un rayo, salió de su cuarto y bajó por la escalera del torreón.

El pájaro garabato voló tras él, y ambos descendieron a tal velocidad que el tío Archibald, que en ese momento salía de su despacho cargado con una montaña de libros, se vio obligado a echarse a un lado para evitar que lo atropellasen. Los libros salieron volando por los aires, y Sam derrapó hasta detenerse.

—¡Glup! Lo siento, tío Archie —se disculpó, y cuando se agachó para recoger los libros del suelo, un título atrapó su atención—. ¡Caray! ¡Este trata sobre caballeros! ¡Y sobre armaduras!

El tío Archie palideció.

—¡Chis!

Sam ni lo oyó; su mente ya estaba inmersa en el libro.

—Tío Archie, digo que esto es MUY interesante. ¡Trae todos los nombres de las diferentes partes que componen una armadura!

Su tío, nervioso, no dejaba de balancearse sobre ambos pies.

—Sí, sí…, bueno, y ahora pórtate como
un buen chico y deja de leer. Mejor será que tu
tía no se exalte, ¡ya me entiendes! Detesta todo
esto, como sabes… No deja ni un resquicio
para el pasado. Quiere que me deshaga de
todos mis libros. Que los queme. —Su cara
se puso morada—. Le he dicho que lo haría…,
pero todavía no he sido capaz.

—¿Y adónde los llevabas? —preguntó Sam.

El tío Archie cabeceó y dejó escapar una serie
de leves suspiros.

—Al fogón de la cocina. He de hacerlo. Debo
resolverlo hoy. La cocinera se ha ido a descansar
un rato, y tu tía está dando de comer a los
animales. Prunella le está echando una mano.

Sam estaba horrorizado.

—¡No los quemes! ¿No hay algún sitio en
donde los puedas guardar? ¿Un sótano o algo así?

El rostro del tío Archibald adoptó un gesto
pensativo.

—Conque el sótano, ¿eh? Ya casi ni me
acordaba del sótano. Tengo prohibido bajar

las escaleras. Sobre todo los martes. ¡Llevo años sin ir! —El anciano negó con la cabeza—. Tu tía Eglantine (una mujer estupenda, sin duda) me lo hizo prometer. Pero… hay un armario arriba, en el desván… Ahí podrían caber —explicó, y descargó una palmada sobre la espalda de Sam que le hizo tambalearse—. ¡Buen chico! ¡Buen chico! De esto, ni una palabra a tu tía. ¿Prometido?

Sam observó detenidamente a su tío.

La primera vez que visitó el Castillo Mothscale, pensó que el tío Archie era un loco y le asustaba un poco. Sin embargo, poco a poco, le había ido tomando cariño, y cuando descubrió que en el pasado había sido un noble caballero, le fascinó. Se moría de ganas de escuchar trepidantes historias sobre hazañas de caballeros, pero había un problema: cualquier mención a armaduras, torneos, espadas o escudos ponía tan furiosa a la tía Egg que su cara se volvía morada, y nadie en el Castillo Mothscale tenía el más mínimo deseo de asistir a uno de sus ataques de furia, y menos que nadie Sam. Si de buen humor no resultaba muy agradable, cuando se enfadaba resultaba aterradora.

Ahora, sin embargo, parecía que el joven se había aliado con su tío Archibald, y... ¿quién sabe cuánto podría aprender de él?

Sam alzó la mano.

—No diré ni pío. Palabra de Sam J. Butterbiggins.

—Buen chico —lo elogió el tío Archibald—.
Ejem… —Tosió mientras le estrechaba
la mano, echó una mirada nerviosa por encima
de su hombro y se inclinó para situarse
a la altura de Sam—. Así que te interesan
los caballeros, ¿eh?

—Oh, SÍ —reconoció Sam.

El tío Archibald le guiñó un ojo, y su bigote
le hizo cosquillas a Sam en la oreja.

—Ya me parecía a mí. ¿Te aburres?
¿No te permiten salir?

Sam asintió, preguntándose qué le diría
a continuación.

—Date una vuelta por el sótano —comentó el tío Archie, tosiendo de nuevo—. Ejem... Y llévate a Prune. En mi opinión, deberías estar contento por poder escaquearte de tu tía... Animales alborotados... ¡Un ruido terrible! A tu tía no le haría ninguna gracia, ninguna gracia. Ahí abajo quedan un par de asuntos de los viejos tiempos, ¿entiendes? —La nostalgia se adueñó de su voz—. La mejor época de mi vida, aquellos viejos tiempos...

—Seguro que fueron MUY interesantes —apuntó Sam—. Me encantaría escuchar todas esas historias...

—¡Brrr! —exclamó su tío sonoramente—. No debería haber mencionado los viejos tiempos. No, no, no... Tendría que haberme callado. Te agradecería que lo dejaras correr, como si no hubiera dicho nada, querido chico.

—Cuenta con ello —prometió Sam.

—Te lo agradezco mucho. —El tío Archibald le propinó una colleja cariñosa—. En cualquier caso, Prune y tú podríais ir a echar un vistazo.

Hoy es miércoles, un buen día para hacerlo.
No estoy seguro de qué vais a encontrar…,
pero mejor eso que deambular sin nada
que hacer.

Los ojos de Sam brillaron.

—MUCHAS gracias
—respondió, sonriendo.

Y el tío Archibald
se llevó el índice a los
labios, reclamando
su silencio.

—De esto ni
una palabra a la tía Egg,
¿entendido? ¡Ni una sola! —Y se marchó
sigiloso, con la pila de libros apoyada
en el pecho.

Sam siguió a su tío con la mirada unos
instantes. «Parece estar muy solo —pensó—.
Qué pena que no tenga a nadie con quien
hablar de los viejos tiempos. Pobre tío Archie».

LA QUINTA MISIÓN

—¡Guau! ¡El tío Archie es mi amigo!
—Sam sonreía mientras corría con el pájaro
garabato hacia la zona del castillo que la tía
Egg había acondicionado como Alojamiento
Vacacional de Lujo para Dragones, Grifos
y otras Criaturas Regias.

A medida que se
aproximaban, el joven escuchó
rugidos, chillidos y gruñidos
de diversos tipos.

—¡Prunella! —La estruendosa
voz de su tía le sobresaltó—.
Prunella, ¿me harías el FAVOR
de darte un poco de prisa?
¡Los dragones llevan DEMASIADO
tiempo esperando! ¿No oyes
sus aullidos lastimeros?

Sam se rio y accedió al lugar por la puerta abovedada.

En ese momento su tía estaba reprendiendo a su prima; aunque Prune se mantenía en sus trece.

—Les he dado de comer, mamá, y aun así aúllan más que nunca.

La tía Egg pareció irritarse todavía más.

—No consigo entender por qué se portan de este modo —comentó, y desapareció para verlos con sus propios ojos. No tardó en regresar, cabeceando—. Ni siquiera han probado la comida… ¡Ay, Señor! ¿Qué dirá la señora Nesta cuando vea que no son felices? Hace poco que es clienta, y paga una considerable suma por la manutención de sus animales…; mientras estén a nuestro cargo no deben perder peso. ¡POBRES criaturillas! Tal vez les duela la barriga. Les daré

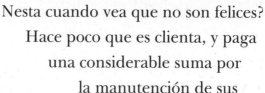

una cucharada de aceite de hígado de bacalao
a cada uno.

—Lo SIENTO por ellos, de verdad —se
lamentó Prune, mientras Sam veía cómo tiraba
la bolsa de galletas para dragones—. ¡Hola, Sam!
Yo ya he terminado; podemos irnos.

—¡Prunella! ¡No has acabado de dar de comer
a los animales! —La tía Eglantine se plantó delante
de su hija, a la que dirigió una mirada aterradora.
Sam se estremeció, pero Prune hizo oídos sordos.

—Sí que lo he hecho. ¡Vámonos! —Agarró
a Sam por el brazo y atravesaron la puerta,
en donde esperaba el pájaro garabato.

Ya de vuelta en la sala principal del castillo,
Sam detuvo a Prune.

—¡El pergamino! ¡Tenemos que ver qué nos
dice hoy!

Prune lo miró sorprendida.

—¡Todavía nieva! Mamá nos hará pedacitos
y arrojará nuestros restos a los estúpidos dragones
si intentamos salir de aquí.

Sam bajó el tono, aunque no existiera la más mínima posibilidad de que su tía pudiera oírlo.

—Dandy opina que deberíamos leerlo, y tu padre me ha contado que en el sótano hay útiles de caballería a los que quizás nos gustaría echar un vistazo…

—¿Mi padre ha dicho eso? —Prune estaba atónita—. ¿EN SERIO?

Sam asintió.

—Sí. —Y se frotó la nariz mientras rememoraba la conversación con su tío—. Dijo algo sobre que precisamente por ser miércoles era un buen día para que fuéramos, pero, ¿hoy…? ¿Hoy no es…? ¡Hoy es martes!

—Pues claro que es martes. Mi padre nunca sabe en qué día vive —le aseguró Prune—. ¡Venga! ¿A qué esperas?

Prunella fue hacia la puerta que conducía a las caballerizas, y Sam se apresuró a seguirla. Juntos se encaminaron al establo. Esa mañana habían retirado la nieve del patio con una escoba, pero el suelo ya volvía

a mostrar un manto blanco a causa de los grandes
copos que caían sin cesar. El pájaro garabato
alzó el vuelo un momento y pronto buscó cobijo
en el castillo.

—¡CROO! —exclamó,
al tiempo que se sacudía
la nieve de las alas—.
¡CROO!

—¡Brrrrr! —Sam
tiritaba—. ¡Hace un FRÍO
que pela!

Prune ni se molestó en responder. Abrió la
puerta del establo y ambos primos accedieron
al interior.

—¡Hola, Weebles! —saludó a su poni, que
resopló al verla—. Venimos a verte.

—Bueno, algo así —Sam saludó a su yegua
Dora, y dio una palmada amistosa al poni de
Prune. Rebuscó entre el heno del pesebre hasta
que dio con el pergamino—. Gracias, Weebles.
Pues sí que lo has tenido a buen recaudo…
—se dirigió a Prune—. ¿Lista?

—¡Lista! —confirmó ella—. ¡Desenróllalo!

Sam abrió con cuidado el viejo papel mientras Prune se inclinaba sobre su hombro.

—¡Allá vamos! —comentó, y Prune contuvo la respiración.

En un primer momento, el pergamino parecía no contener nada, pero, una tras otra, las resplandecientes letras doradas fueron surgiendo sobre el papel. Poco a poco se fueron formando palabras, y Prune las leyó en voz alta:

—«Saludos a todo aquel que desee convertirse en un auténtico noble caballero»… Sí, sí, eso ya nos lo sabemos. ¡Al grano!

—Ya aparece el resto —comentó Sam—. Mira… «Para la quinta misión, debéis tomar

vuestra espada y vuestro escudo, y aprender…».
¿Qué pone en el siguiente fragmento?

Prune observó de cerca las letras brillantes.

—A ver… «Aprender el noble arte
del combate justo, para lo cual deberéis
serviros de vuestras mañas y hacer frente
al temible enemigo. No olvidéis que las buenas
acciones siempre actuarán a vuestro favor,
e incluso os conducirán a la victoria…». ¡Oh, no!
El texto se desvanece…, pero parece tirado.
Esta misión es mucho más comprensible
que las anteriores.

—Supongo —respondió Sam sin
convicción—. Pero ¿cómo se aprende el noble
arte del combate justo? ¿Quién me lo enseñará?
¿Y dónde encontraré un temible enemigo
si ni siquiera podemos abandonar el castillo?

—A mí no me preguntes. —Prune se desentendió, y después sonrió—. Mamá es bastante temible cuando se enfada… —comentó, y la expresión de Sam le provocó una carcajada—. BROMEABA, Sam. Además, a ella no le haría ninguna gracia que la atacaras con una espada. Puede que haya algo temible en el sótano. Vayamos a averiguarlo, pero mejor será que primero cojas tu espada y tu escudo.

Sam asintió con un movimiento de cabeza y se dirigió al box de Dora, mientras Prune devolvía el pergamino a su escondite.

—¡Hola, Dora! Lo siento, pero hoy no saldremos —le explicó, mientras acariciaba el enorme hocico de su yegua blanca; a lo que ella correspondió frotándolo contra su hombro—. Solo he venido a buscar mis armas de caballero.

La yegua relinchó y se hizo a un lado. Sam se coló por el escaso espacio que quedaba libre, retiró la tablilla que tapaba el balde de agua y sacó con cuidado su preciada espada y su escudo de su escondrijo. Volvió a poner la tapa y se irguió al grito de:

—¡Sam J. Butterbiggins, aprendiz de caballero! Compañera fiel, ¿estás lista para emprender la próxima misión?

—¡Lista! —respondió Prune—. Pero debemos actuar con cautela. Si mamá te ve con una espada y un escudo, te digo que le da algo. Déjame ir a mí primero, y si me oyes silbar… ¡ESCÓNDETE!

¿QUÉ ES
ESE RUIDO?

Sam y Prune atravesaron de puntillas el patio
helado de las caballerizas y llegaron al castillo.
Una vez en su interior, Prune se adelantó
y Sam y el pájaro garabato la siguieron.
Tenían la suerte de su lado, así que alcanzaron
la puerta que llevaba al sótano sin encontrar
el menor rastro de la tía Egg.

—Probablemente esté
cantándoles una nana a los
dragones para que se duerman
—dijo Prune, mientras intentaba
girar el pomo de la puerta—.
¡Pobres criaturas! Mamá no acierta
ni con la primera nota… ¡Eh!
¡Esta puerta está cerrada con llave!
¿Ves una llave por algún sitio?

—A lo mejor está encima del
marco —sugirió Sam—. Mi abuela
siempre las esconde ahí.

Prune echó un vistazo.

—Puede que tengas razón…
Veo algo… pero ¿será una llave?

El pájaro garabato ladeó
la cabeza, voló hasta el dintel
de la puerta, asió con el pico una
enorme llave y la soltó sobre Sam.

—¡CROO!

—Gracias, Dandy —dijo
el joven.

—Buen trabajo, pájaro —asintió Prune—.
¡Venga, Sam, abre la puerta!

Sam introdujo la llave en la cerradura y, tras
apretar con fuerza los dientes y hacer uso de
ambas manos, se oyó un chirrido y la llave giró.

—¡Hurra! —exclamó Prune al ver abrirse
la puerta.

Frente a ellos, unas escaleras descendían
con una importante pendiente y, en la misma
entrada, se encontraron con un armario.

—¿Qué crees que habrá dentro? —preguntó Prune al tiempo que lo abría—. ¡Oh! No es más que una pila de libros viejos. Qué rollo.

—¡Qué dices! —protestó Sam—. ¡Son libros de caballeros y armaduras!

Prune miró fijamente a su primo.

—¿Cómo lo sabes?

—Porque son de tu padre... ¡Chis! —Sam levantó un brazo a modo de advertencia—. ¿Qué es ese ruido?

Ambos contuvieron la respiración y escucharon atentamente. Desde algún lugar de allí abajo llegó un largo y quejumbroso lamento.

—Uf, no suena nada alegre —comentó Prune—. ¿Crees que será uno de los animales de mamá que se ha extraviado?

—No lo sé. —Sam meneó la cabeza—. No sonaba como un animal. Era más bien... —Dudó—. Digamos, fantasmal...

—¡Hurra! ¡Cacemos fantasmas!

Prune cerró la puerta del sótano tras ella con un estrepitoso

«¡PUM!». El lamento cesó de inmediato y reinó un completo silencio.

—¡Oh, no! —Sam parecía ansioso—. ¿Y si la tía Egg ha oído algo y viene a ver qué andamos haciendo?

Prune resopló.

—No seas cagueta, anda.

Era evidente que nadie había bajado por aquellas escaleras en mucho tiempo. Multitud de telarañas colgaban del techo, y a cada paso se elevaba una nube de polvo que provocaba un arranque de tos al pájaro garabato. La luz era tenue; había un ventanuco junto a la puerta, pero a medida que los primos descendían la oscuridad se hacía mayor, hasta que llegó

un momento en que Prune se vio obligada
a detenerse.

—No veo un pimiento —se quejó—.
¡Deberíamos haber traído una linterna!

El pájaro garabato abandonó el hombro
de Sam.

—¡CROO!

Revoloteó en la oscuridad y regresó
un instante después. Prune sintió entonces
el bufido de sobresalto de Sam.

—¿Qué pasa? —le preguntó.

—Dandy ha encontrado una vela —informó
Sam—. Pero qué listo es, ¿verdad? Puede
ver en la oscuridad, y resulta de gran ayuda.

Prune suspiró.

—De poco sirve una vela si no hay con qué
encenderla.

—¡CROO!

El pájaro garabato desapareció de nuevo.
A un breve silencio, siguió un traqueteo.

—¿Y ahora qué? —preguntó Prune.

—Creo —respondió Sam— que ha traído
un yesquero… Espera… ¡SÍ!

Se escuchó una especie de roce seguido de
unos chispazos y la vela se encendió. A medida
que la llama se vivificaba, el lamento volvió
a dejarse oír, ahora mucho más cerca.

—¡Ooooooooooooooooh!
¡Ooooooooooooooooh!
¡Ooooooooooooooooh!

—¡CROO!

Las plumas del pájaro garabato
se erizaron y, sin darse apenas
cuenta, Sam y Prune se cogieron
de la mano.

—¿Qué ha sido eso? —susurró
Prune.

«Un aprendiz de caballero —se dijo Sam,
tragando saliva— no le teme a nada».

—TRANQUILA, Prune —comentó—.
Me adelantaré para ver qué sucede.
Tú quédate aquí.

Prune se soltó de su mano.

—¿Cómo? ¿Y perderme la diversión?
¡Me da a mí que no! Y que sepas que no tengo
miedo. Tan solo me he... sorprendido —afirmó,
y se detuvo a escuchar—. Ya ha parado. Quizá
haya sido el viento al colarse por el tiro de
las chimeneas.

—Yo tampoco me he asustado —mintió
Sam, alzando la vela—. ¡Mira! Hay una puerta
al fondo de las escaleras... —Y su voz se fue
apagando mientras leía el cartel que colgaba
del pomo.

PROHIBIDA LA ENTRADA

¡NO PASAR!

¡NO, repetimos, NO ABRIR ESTA PUERTA!

ARCHIBALD: ¡¡¡ESTO VA POR TI!!!

Eglantine
Duquesa del Castillo Mothscale

EL BUFÓN CASCABELES

—¡Guau! —exclamó Prune con un brillo
especial en los ojos—. Ahora tenemos que
DESCUBRIR qué hay al otro lado. Mamá
debe de haber guardado ahí algunas de
las pertenencias de papá que no quiere que
conserve, como una armadura.

—O una espada y una lanza —añadió Sam—.
Pero ¿qué es lo que provocaba ese horrible sonido?

—Averigüémoslo
—propuso Prune—. La llave
está aquí mismo, en la cerradura.
—Y abrió la puerta.

—¡HALAAAA!
Una ráfaga de viento apagó
la vela, pero ya no la necesitaban. En cuanto Sam
y Prune pusieron un pie al otro lado de la puerta,
se encontraron en un espacioso sótano iluminado

por cientos de velas consumiéndose sobre
montañas y montañas de cofres, barriles y cajas.
Una armadura oxidada de gran tamaño
permanecía apoyada en una esquina, y un sinfín
de escudos desvencijados, lanzas, yelmos y otros
objetos de caballería aparecieron esparcidos
por el suelo de piedra.

—¡CARAMBA!
—se asombró Prune al agacharse a recoger
un peto abollado—. Esto tuvo que doler...

—Uuuuuuu... Uuuuuuu...
Uuuuuuu...

Sam y Prune
pegaron un
salto, y el pájaro
garabato graznó.

La armadura,
con ambos brazos
extendidos, avanzaba
lentamente hacia ellos.
A cada paso, retumbaba
un sonido metálico.

—Por fin aquí, mi noble amigo… ¿Qué ha provocado que os demoraseis tanto? —La voz sonaba tan decrépita y desengrasada como la propia armadura.

Prune y Sam se miraron atónitos.

—¿Se refiere a NOSOTROS? —preguntó Sam.

—¡Eh, quieto ahí! ¡Atrás! ¡Atrás, *sir* Giles! —atajó de pronto un hombrecillo ataviado con ropas de color rojo y amarillo. Mostraba cierta debilidad, si bien su voz sonaba firme—: Amigos. No, *sir* Giles, nada de eso. Niños, *sir* Giles… ¡ATRÁS!

El hombrecillo condujo a la armadura hasta su esquina, y a continuación se volvió y se dirigió a Sam y a Prune:

—Debéis impedir que os abrace. ¡Al menos mientras lleve puesta esa armadura! ¿No veis que es una armadura de verdad? ¡Os habría aplastado! Esa armadura no tiene nada de fantasmal, y él es incapaz de controlar su propia fuerza —aseguró, meneando la cabeza, y los cascabeles de su capucha tintinearon—.

Pobre *sir* Giles. Por cierto, encantado de conoceros. Soy el bufón Cascabeles.

—Y extendió la mano.

Sam, siempre tan educado, se adelantó para estrechársela, pero cuando un chorro de agua lo mojó inesperadamente, lanzó un grito y dio un salto hacia atrás.

—¡Uf! ¡Está HELADA! —comentó mientras se frotaba los brazos.

El bufón y Prune se desternillaban de risa.

—Bien hecho, señor Cascabeles —lo alentó Prune—. ¡Ha sido muy gracioso!

Cascabeles ladeó la cabeza y anunció:

—¡Esta flor es para vos, joven dama!
—chasqueó los dedos y una rosa roja apareció de
la nada para ofrecérsela a Prune—. Una rosa
de dulce aroma para vuestra delicada nariz.

—Hummm… —Prune hundió su nariz
en los suaves pétalos de la flor—. Huele
estupendamente… ¡ACHÍS! —Y estornudó
diez veces seguidas.

Sam trató de disimular su sonrisa; en cambio,
el bufón se rio a carcajadas.

—¡Tosido, resuello, estornudo!
¡Tosido, resuello, estornudo! —tarareó
Cascabeles.

Prune sonreía de mala gana al
tiempo que la rosa se marchitaba,
para, finalmente, desaparecer.

—Ja, ja, ja —se rio—.

¿Le gasta bromas a todo el mundo,
señor Cascabeles?

El bufón se puso a dar vueltas
en círculo.

—Tiempo ha desde la última vez
que tuve el placer de hacer algo así,
aquí, en el Castillo Mothscale. Puesto
que la puerta fue cerrada a cal
y canto por Aquella que no sonríe,
no he encontrado ocasión para
burlas y bromas desde entonces
—explicó, en tanto que sacaba
un gran pañuelo verde con el que
enjugarse los ojos; un pañuelo
que después sacudió frente al rostro
de Prune y que originó que
una docena de espectaculares
mariposas salieran volando.

Prune suspiró, y Sam aplaudió admirado.

—Ha sido BRILLANTE. Pero ¿qué pasa con *sir* Giles? ¿No le gustan las bromas?

—¿A él? Fijaos… —El bufón, de un salto, se colocó en la trayectoria de la enorme armadura—. ¡Inclinaos! —le ordenó.

Sir Giles obedeció. Tan pronto como estuvo a su alcance, el bufón le quitó el yelmo y…

… y dentro no había nada.

¿O tal vez sí?

Sam dirigió una atenta mirada hacia allí arriba. ¿Vislumbraba los rasgos de un rostro, una cara triste de tez pálida con un bigote de puntas caídas? Juraría que sí..., ¿o era producto de su imaginación?

—¿Lo veis? —preguntó Cascabeles, tras devolver el yelmo a su lugar—. Se está desvaneciendo. Solía ser un fantasma de lo más jovial, igualito que yo, pero la soledad lo está consumiendo. Triste, muy triste.

—Pero... —Sam se rascó la cabeza, en cuyo interior se agolpaban los pensamientos—. ¿Ha dicho...? Es decir, ¿se refiere a que...?

Prune miró a su primo con aire de autoridad.

—¡Se refiere, Sam, a que *sir* Giles es un fantasma, y el señor Cascabeles también!

Cascabeles guiñó un ojo a la joven, corrió hacia el muro y lo traspasó como si nada. Pasado un instante, regresó entre risotadas.

Prune también se echó a reír, pero Sam se mantuvo impertérrito.

—Estoy tratando de sacar algo en claro —dijo el aprendiz de caballero—. Ha dicho que Aquella que no sonríe cerró la puerta con llave, y entiendo que debe de estar hablando de la tía Eglantine, eso quiere decir cuando…

Se oyó un ruido de cadenas y *sir* Giles comenzó a temblar y a agitarse.

—¡Ese nombre pronunciar no debéis! —reclamó, y alzó un brazo como para protegerse—. ¡Pronunciar no debéis el nombre de Aquella que no sonríe!

—Aquella que no… ¡Vaya! —Los ojos de Prune se abrieron como platos—. ¡Ya lo entiendo! ¡Se refiere a mamá! —exclamó, propinándole un codazo a Sam, y a continuación comentó en voz baja—: El nombre le va que ni pintado.

Sam no tenía nada más que añadir.

Sir Giles había comenzado a emitir sus sonoros lamentos, y sus «Uuuuuuu…

Uuuuuuu… Uuuuuuu…» hacían imposible escuchar nada más.

—Serenaos, *sir* Giles… ¡Calma! —trató de tranquilizarlo Cascabeles—. Calma… —Y después, dirigiéndose a Sam y a Prune, preguntó—: ¿Podríais entonar alguna canción? Algo reconfortante… ¿Qué tal *Campanita del lugar*?

—Pues… —Sam se frotó la nariz mientras trataba de recordar la letra—. ¿Cómo era…? ¡Ya sé!

Cantó lo mejor que supo, acompañado por Prune. El descompasado sonsonete de su prima era justamente lo que hacía falta en ese instante, y así fue como las lamentaciones de *sir* Giles se fueron atenuando poco a poco.

El bufón habló en voz baja:

—En lo sucesivo, será mejor no hacer mención alguna a vuestra madre,

si no os importa. Es algo que lo saca de sus casillas. Ahora permanecerá tranquilo, hasta que tenga que combatir con el Gusano Nudoso.

—¿Combatir con el Gusano Nudoso? —El rostro de Sam reflejaba su asombro, e instintivamente llevó la mano a la empuñadura de su espada—. ¿A qué te refieres?

El bufón se encogió de hombros.

—Ocurre cada martes a las cuatro en punto, y hoy es martes. Se trata de una vieja tradición: *sir* Giles, duque del Castillo Mothscale, se enfrenta al Gusano Nudoso.

Cualquier día de estos, *sir* Giles se desvanecerá del todo y se confirmará la victoria del gusano. Quién sabe lo que sucederá a partir de ese momento. Yo no puedo batirme con él; no soy un caballero —explicó Cascabeles, suspiró y se apoyó contra el muro.

EL ARTE DE
UN COMBATE JUSTO

—¿Duque del Castillo Mothscale? —Prune dirigió su mirada hacia la armadura—. En tal caso, debe de ser uno de mis antepasados. Papá es duque de Mothscale.

El bufón se animó.

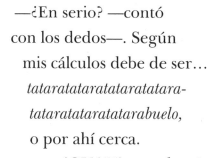

—¿En serio? —contó con los dedos—. Según mis cálculos debe de ser… *tataratataratataratatara- tataratataratatarabuelo,* o por ahí cerca.

—¡GUAU! —exclamó Prune, impresionada—. Sam, ¿has oído? ¡Tenemos que ayudarlo! No podemos permitir que a mi…, a mi… siete u ocho veces tatarabuelo lo derrote un gusano. ¡De ninguna manera!

Sam asintió y se situó frente a *sir* Giles.

—Disculpe, *sir* —se excusó—, soy Sam
J. Butterbiggins, aprendiz de caballero,
y esta es mi fiel compañera, Prunella.
¿Podríamos ayudarlo nosotros? —vaciló
un momento—. Si le soy sincero, yo también
necesito algunos consejos respecto a…
¿a qué era, Prune?

—Al arte de un combate JUSTO
—respondió Prune.

—Eso —concordó Sam—. Un combate
justo. Estoy deseando aprender.

Durante un buen
rato no sucedió nada,
pero en un momento
dado resonó
el ruido
metálico de
la armadura
y *sir* Giles
se puso
en pie.

—¡Chico! —prorrumpió con voz rotunda—.
¡Chico! ¿Es vuestro deseo ser caballero?

—¡Oh, sí, POR FAVOR! —afirmó Sam.

—¿Un auténtico noble caballero?

Sam no podía disimular una sonrisa
de oreja a oreja.

—¡SÍ!

—Siendo así, debéis observar… ¡y aprender!
—*Sir* Giles retiró la visera de su yelmo, y Sam
tuvo la certeza de que veía un bigote—.
¿Dispuesto?

—¡Dispuesto! —Sam desenvainó
su espada y la empuñó en el aire—.
¿Y ahora qué hago?

—¡Mantened firme la hoja! —El viejo caballero
alzó su mano—. Un verdadero caballero jamás
se bate sin motivo.

Prune frunció el ceño.

—Pero ¿no iba Sam a rebanarle el pescuezo
al Gusano Nudoso?

Sir Giles se tambaleó horripilado.

—Dulce dama, ¡guardaos de hablar así!

—¿Por qué? —replicó Prune—. Creía que ser un caballero significaba liarse a porrazos con dragones y monstruos y darles buenas tundas a los gigantes.

Sir Giles se quitó el yelmo, dejando su cara al descubierto, aunque su cuello aún no era visible.

—Un caballero siempre debe respetar a su oponente —aseveró—. El Gusano Nudoso es una bestia noble. Los animales como él no se valen de espadas, lanzas o puñales, de modo que tampoco yo ni ningún caballero digno de tal nombre. ¿Quién sois vos para albergar tan terribles pensamientos?

—Soy Prune. Prunella del Castillo Mothscale. Su *tataratatara*… etcétera… tataranieta. —Prune se cruzó de brazos y lanzó a *sir* Giles una mirada fría—. Es más: soy la fiel compañera de Sam, y el pergamino dice que debe aprender las reglas de un combate justo para derrotar a un temible enemigo. Y si no lo consigue no se convertirá en un noble caballero. Si estoy aquí es para ayudarlo a que lo logre, ¡así de sencillo!

Sam escuchaba nervioso.

—Calla, Prune —ordenó, pero *sir* Giles había oído sus palabras y, tras echar la cabeza hacia atrás, comenzó a reír; tanto y tan sonoramente rio, que Sam y Prune acabaron uniendo sus risas a las suyas.

—Una dama convincente, no cabe duda —comentó alegre *sir* Giles—. ¡E impetuosa! Ya hubiera querido yo tener en mi época una compañera fiel como ella para animar mis días. —En ese instante vio a Cascabeles alicaído, y lo abrazó—. No hay nadie mejor que vos, pero ambos somos ya mayores; sin embargo, la dama es joven y está llena de vida.

Prune pareció complacida y tocó con el codo a Sam.

—¿Lo ves? Si es que no me valoras…

—Claro que sí —replicó Sam—. Lo que pasa es que no aguanto que te pongas mandona.

—¿MANDONA? ¿YO? —Prune se indignó—. ¿Cuándo he sido yo mandona?

—¡Mirad! —exclamó Cascabeles con una palmada para atraer su atención—. ¡Mirad! —repitió, señalando a *sir* Giles.

Sam y Prune lo observaron. *Sir* Giles no solo se había vuelto completamente visible, sino que se afanaba en quitarse la armadura. Para asombro de los primos, era un tipo alto y esbelto. Vestía con una cota de malla de plata de pies a cabeza, sobre ella llevaba una túnica blanca y una cadena de oro colgaba alrededor de su cuello.

Sam sabía que mirar muy fijamente era descortés, pero no podía evitarlo. Se le agolpaban las preguntas.

—Eh… Disculpe, *sir* Giles, pero ¿por qué
llevaba puesta esa armadura si no es suya?
Le va demasiado GRANDE.

El caballero hizo una reverencia a Cascabeles.

—Fue idea del bufón. Temía perderme,
y que yo mismo me perdiera, al carecer de
caballeros amigos que inflamasen mi espíritu.
Me enfundó una vieja armadura antes de que
me desvaneciera para siempre. Es un joven
alocado y bromista, pero de mente despierta.

Cascabeles correspondió con otra reverencia.

—Os lo agradezco, *sir* Giles. Da gusto veros
en…, cómo decirlo…, ¡en tan buena forma!
—exclamó, y guiñó un ojo a Sam y a Prune—.
Y hablando de bromas…; tengo un acertijo para
vos: ¿qué debe romperse antes de poder usarse?

Sam se quedó en blanco,
pero Prune sonrió.

—Yo lo sé —aseguró—:
¡Un huevo!

El bufón giró sobre sí.

—¿Y cómo…?

71

¡¡¡¡¡ssssssssss
ssssss

El siseo se escuchó en todo el sótano.
Un bloque de piedra se desprendió del
muro y rodó a trompicones hasta estrellarse
con estrépito contra el suelo.
Cascabeles, Sam y Prune
se apresuraron a apartarse
mientras un animal

SSSSSSSSSSSS
SSSSSSSS!!!!

enorme emergía del hueco, mirando a un lado
y a otro a través de un par de pequeños anteojos
dorados. Al descubrir los restos de la armadura
sobre la montaña de cachivaches del suelo,
se detuvo y enarcó las cejas.

—¿*Ssssir* Gilesssss? ¿*Ssssir* Gilesssss?

Volvió a avanzar reptando y bamboleándose
hasta que consiguió sacar el resto de su cuerpo
del muro. Sam vio entonces que su cola estaba
llena de nudos.

«El Gusano Nudoso», pensó, y asió su espada
con mayor fuerza.

—Chico… —lo interpeló *sir* Giles, que estaba a su espalda—. Agarrad bien vuestro escudo y protegeos. ¡La cola del Gusano Nudoso tiene una fuerza descomunal! Por vuestra propia seguridad, haced lo mismo que yo. —Y acto seguido el caballero dio un paso al frente, alzando su espada en un gesto de cordialidad.

—¡Yo os saludo, Gusano Nudoso!

UN TEMIBLE
ENEMIGO

Sam tomó aire. El gusano era enorme, y muy largo…, y sus ojillos verdes no parecían muy amistosos.

—¡Yo también os saludo, Gusano Nudoso! —repitió, y blandió su espada.

El gusano levantó la parte delantera de su cuerpo y lo miró fijamente.

—¡Eh! ¿Qué es esto? ¿Un chico?

—No es solo un chico, Gusano Nudoso —replicó *sir* Giles meneando la cabeza—. Se trata de Sam J. Butterbiggins, aprendiz de caballero.

—Conque Butterbiggins, ¿eh? —se burló el gusano—. ¿Y no tienes miedo, pequeño Butterbiggins? Soy una bestia enorme y monstruosa... Y si estoy aquí, ¡es para ganar! ¡Ganar, ganar y GANAR! Los días de este viejo caballero están contados. Cada vez es más lento; cada martes lo hace peor. Ya no resulta divertido batirse en duelo con él. He tomado una decisión: hoy le haré polvo definitivamente. Y en adelante viviré aquí por siempre jamás. ¡SSSSSSSSSS!

—¡Menos lobos, Gusano Nudoso! —*sir* Giles se mostró tranquilo—. Soy el guardián del Castillo Mothscale, y os aseguro que ese día aún no ha llegado.

—Y nunca llegará —añadió Sam, con la esperanza de sonar tan sereno como *sir* Giles.

—¡Lo mismo digo! —Prune estaba rabiosa—. ¡Este castillo es MÍO, y no quiero a ninguna bestia enorme en MI sótano!

El Gusano Nudoso dejó
escapar un largo bufido.

—¿Un caballero viejo
y cansado, un bufón, una
niña y un Butterbiggins?
¡No me hagáis reír!
¡Al cuerno con vosotros!
¿Las reglas habituales, *sir* G?
¿Al mejor de tres?

Sir Giles envainó su espada y cogió un escudo.

—De acuerdo, Gusano Nudoso.

Sam asintió.

—Y yo… Quiero decir…, acepto el reto.

—¡Uhhh! —el gusano sacudió su nudosa
cola—. ¡Mirad cómo tiemblo, chico! —La bestia
miró a *sir* Giles—. Veo que os habéis deshecho
de ese traje de hojalata. ¡Perfecto! Más fácil será
reduciros a cenizas —fanfarroneó. Y reptó
y se exhibió haciendo que sus escamas brillasen
a la luz de la vela.

—¡Un momento! —Cascabeles llevaba consigo
una larga trompeta de plata—. Comportémonos

como mandan los cánones
del combate entre caballeros...
¡Que empiece el combate! —Y se
escuchó un largo toque de trompeta.

Prune, que llevaba un rato con la vista
clavada en el animal, agarró el brazo de Sam.

—¡Sam! —susurró—. ¡Ten cuidado! ¡Parece
MALVADO!

A Sam ni siquiera le dio tiempo a contestar.
El Gusano Nudoso empezó a zigzaguear por
todo el sótano en un intento de acorralar a
sir Giles en una esquina. Cada vez que parecía
haber logrado su propósito, el caballero se
escabullía de un salto con su reluciente atuendo
y volvía al centro de la sala. Sam vigilaba
todos sus movimientos evitando hasta
pestañear. Al cabo de un rato cayó
en la cuenta de que *sir* Giles esperaba
cada vez más tiempo antes de dar un
nuevo salto, de tal modo que la bestia
se acercaba cada vez un poco más a las
paredes. Tanto tiempo aguantó *sir* Giles

la embestida del gusano, que Sam creyó que acabaría aplastándolo, pero en el ultimísimo segundo, el caballero pegó un nuevo salto y el Gusano Nudoso se estampó con gran estrépito contra la montaña de cachivaches y siseó airado.

—¡Un punto a mi favor! —resopló *sir* Giles.

El Gusano Nudoso bufó de nuevo y dijo:

—La suerte del principiante. ¡Que empiece la segunda ronda!

«¡¡¡TAN TARARÁN!!!».

Cascabeles hizo sonar su trompeta y luego anunció:

—¡Regla de honor! Se concederán tres minutos de pausa entre cada asalto. Combate justo, Gusano Nudoso.

El gusano protestó, pero se replegó en un rincón. *Sir* Giles se inclinó hasta tocarse los dedos de los pies, estiró los brazos y se secó el sudor de la frente con el extremo de su túnica.

—¡Bien hecho, *sir*! —lo elogió un admirado Sam.

Sir Giles se lo agradeció con un leve movimiento de cabeza y lanzó una mirada a Prune.

—Por ventura, ¿me haría el favor la dama de cederme una prenda para lucirla en su honor, el honor del Castillo Mothscale…?

Prune lo miró atónita.

—¿Cómo? Pero ¿qué favor es ese?

—Se refiere a una banda, a una bufanda, a una cinta… —le aclaró Sam—. Los caballeros suelen llevar algo así a modo de amuleto.

—¡Ah! —Prune rebuscó en su bolsillo y finalmente sacó un pañuelo de lo más mugriento—. ¿Sirve esto? Lo he usado para sonarles la nariz a los dragones, así que no está tan limpio como debería.

Sam lo inspeccionó.

—Será mejor que le entregues el mío —afirmó—. Está más limpio.

Prune lo cogió y se lo cedió a *sir* Giles.

—Eh…, pues buena suerte —le deseó.

—Os lo agradezco, graciosa dama —*sir* Giles hizo una reverencia y se ató el pañuelo en la parte superior de su túnica.

—¿Listos? —preguntó el bufón—. ¡Muy bien! ¡Que dé comienzo la segunda ronda!

En cuanto Cascabeles se llevó la trompeta a la boca, el Gusano Nudoso se arrastró a toda prisa por el suelo, a tal velocidad que *sir* Giles no tuvo tiempo de ponerse en guardia. El animal le propinó entonces un fuerte coletazo que lo lanzó bien lejos. Al cabo de un instante, *sir* Giles estaba arrinconado contra la pared, y su contrincante no disimuló una risilla entre dientes.

—¡Diría que esta ronda me la llevo yo!
—comentó—. ¡Todo o nada! ¡Preparaos para
la derrota definitiva, caballero!

Sam pegó un salto hacia delante, con la vista
puesta en la bestia.

—¡Ehhh! ¡Has hecho trampa! ¡Has empezado
antes de que sonara la trompeta!

Prune apoyó a su primo.

—¡Sam tiene razón!
¡Eso es jugar sucio!
Sir Giles se las veía
y se las deseaba para
ponerse de pie, y no dejaba
de palparse la cabeza.

—A decir verdad —apuntó el viejo caballero—,
el noble Gusano Nudoso no se ha movido hasta
que habló el bufón.

—¿Lo veis? —los provocó el gusano,
retorciéndose de tal manera que su escamoso
morro quedó a apenas un palmo del de Sam—.
Os creéis muy listo, Butterbigginsssss, ni siquiera
caballerete… ¡SSSSSSSSSSSSSS! Pues bien,

como lo queréis así, he aquí un reto: ¡VOS os enfrentaréis a mí!

—¡No! ¡No, no, eso no puede ser! —*Sir* Giles avanzó titubeante hasta el centro de la sala—. ¡El chico carece por completo de experiencia en el arte de combatir!

—¿A quién le importa? —habló con brusquedad el gusano—. He ganado la última ronda, de tal manera que la elección me corresponde solo a mí, y yo elijo a Butterbiggins. Si él gana —lo cual os aseguro que no ocurrirá— prometo que partiré para siempre y pasaré el resto de mis días junto a mi tía abuela Susan en el Castillo Killjoy.

Sam miró fijamente a los burlones ojillos del Gusano Nudoso. El corazón parecía querer salírsele del pecho.

—Vale —aceptó, y a continuación, consciente de que sus palabras no habían sonado muy de noble caballero que se diga, añadió—: Es decir, acepto el reto, Gusano Nudoso.

—Y espero que cumplas tu promesa —Prune se cruzó de brazos y lo fulminó con la mirada.

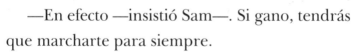

—En efecto —insistió Sam—. Si gano, tendrás que marcharte para siempre.

—¡Eh, chico, joven dama! —*Sir* Giles meneaba la cabeza en señal de desaprobación—. ¡No debéis dudar de la palabra de un noble enemigo!

El gusano adoptó un gesto petulante y tomó
la palabra:

—Eso va por VOS, joven Butterbiggins.
¡Y ahora, disponeos a ser derrotado!

El bufón alzó su trompeta, pero Sam
lo detuvo.

—Por favor… ¿podría decir simplemente:
«Un, dos, tres: ¡ADELANTE!»? —le pidió.

Cascabeles echó una mirada a *sir* Giles, quien a
su vez concedió su beneplácito. El Gusano Nudoso
tensó sus refulgentes escamas y Sam tomó aire.

—Un… —comenzó el bufón—, dos…, tres…

—¡¡¡SSSSSSSSSSSSSSSSSSSS!!!

La bestia se deslizó por el sótano
a la velocidad de la luz, pero Sam
estaba preparado.

—¡Sí! —gritó mientras
se desenroscaba de los anillos
del serpenteante animal.

El gusano embistió de
nuevo, pero Sam lo vio venir
y saltó por encima de su cuerpo,

a ras de sus escamas. Una y otra vez el gusano trató de lanzarlo contra el muro, pero el joven siempre conseguía escabullirse.

—¡¡¡SSSSSSSSSSSSSSSSSSS!!! —siseaba molesto el Gusano Nudoso.

Sus ataques eran cada vez más furibundos y, poco a poco, iba elevando su cuerpo, obligando a Sam a saltar cada vez más alto. Sin previo aviso, la bestia se enrolló sobre sí misma y se abalanzó contra el joven, intentando aplastarlo de una vez por todas. Prune chilló, *sir* Giles se llevó las manos a la cabeza, el bufón dejó escapar un grito ahogado, y Sam cerró los ojos, se lanzó directo al cuerpo aún enrollado del gusano y, dando una vuelta de campana, salió por el otro lado.

El Gusano Nudoso estaba fuera de control.
Se estrelló contra la pila más alta de barriles
y cajas y, tras un ruidoso **«¡¡¡PAF!!!»,**
se quedó inmóvil.

—¡Sí! —gritó Prune entre aspavientos—.
¡Bien hecho, Sam! ¡Has ganado! ¡Has ganado!

—En efecto —anunció alegre *sir* Giles,
mientras que Cascabeles sonreía de oreja a oreja.

Sam, tras sacudirse el polvo, se repuso.
Rebosaba entusiasmo, pero todavía tenía
una tarea pendiente antes de saborear
su triunfo. Encaramado al cuerpo del animal,
le preguntó:

—Gusano Nudoso, ¿estás herido?

El gusano lo miró desde debajo de una caja
hecha añicos.

—¿A vos qué os importa?

—Bueno… —vaciló Sam—. Lo cierto
es que sí me importa. No me gusta provocar
daño a nada ni a nadie. Y, por cierto, se te han
doblado las gafas… Discúlpame. —Se agachó
y las enderezó—. Ahora, mejor.

—¡Eh, SAM! —Prune puso los brazos en
jarra—. Francamente, ¿de qué vas? Esa bestia
ha intentado jugártela valiéndose de sus tretas
y tú te muestras de lo más CORDIAL.

—¡Callad! ¡El chico tiene razón! —*Sir* Giles se
apresuró a retirar la caja hecha añicos de encima
del derrotado—. Un auténtico caballero debe
mostrarse siempre clemente en la victoria.

—Y supongo que querréis que yo os devuelva
esa gratitud, ¿cierto? ¡Habrase visto! —resopló
el gusano—. Ese nunca ha sido mi estilo,
y nunca lo será.

A Prune le salió una risa nerviosa.

—Tal vez tu tía abuela Susan te lo enseñe.

El Gusano Nudoso dirigió a Prune una mirada furibunda.

—SSSSSSSSS…

Y sin mediar palabra, culebreó hasta el agujero por el que había entrado en el sótano y desapareció.

—Se va —anunció Prune entusiasmada—. Eso quiere decir… ¡que se acabaron los combates de los martes, *sir* Giles!

El caballero no llegó a escucharla; el bufón y él estaban concentrados en mover el bloque de piedra para colocarlo de nuevo en su sitio. Cascabeles entonaba jovial una canción mientras ambos se afanaban en arrastrar la piedra. Sam acudió en su ayuda, pero antes de que llegara hasta ellos, la puerta del sótano se abrió de pronto, y el tío Archibald entró a toda pastilla.

—¡Martes! —farfulló—. ¡Es martes!

—¡Papá! —exclamó Prune con los ojos abiertos como platos—. ¡Papá! ¿Qué diablos haces tú aquí?

—¡Prunella! ¡Mi niña! —exclamó el tío Archie con el cabello enmarañado—. ¡Sam! ¿Dónde está Sam?

—Aquí, tío Archie —respondió Sam, atravesando a toda prisa el sótano hasta llegar hasta él—. ¿Te encuentras bien?

Su tío se desplomó sobre un barril cercano y sus ojos se cerraron.

—El Gusano Nudoso —acertó a decir—. Os he puesto en peligro, ¡ay, ay, ay! En un peligro extremo. —Abrió de nuevo los ojos y una expresión de terror se dibujó en su rostro—. ¡Estará al llegar! ¡En cualquier momento! ¡Deprisa! Tenemos que salir de aquí.

—¡Ah! No debes preocuparte por ese viejo y estúpido gusano —comentó Prune alegremente—. Sam le ha dado su merecido y ya se ha ido a vivir con su tía abuela Susan. Nunca más volverá a molestar a nadie aquí. ¿No es así, *sir* Giles? Eh… ¿*SIR* GILES?

Sir Giles estaba quieto como una estatua y miraba al tío Archibald como si hubiera visto un fantasma. El tío Archie alzó la mirada, lo vio, y durante unos segundos interminables ninguno de los dos movió ni un solo músculo. Después, con gran júbilo, se echaron en brazos el uno del otro.

—¡Giles, viejo compañero!

—¡Mi noble amigo!

—¡Guaaaau!

—Prune miró a Sam—. ¡Una nunca deja de sorprenderse! ¡Vaya tela! ¡Papá tiene un fantasma por amigo!

—Pues sí —comentó Sam—. Creo que hace tiempo debieron de ser buenos amigos, pero la tía Egg…

«¡PUM!».

La puerta del sótano se abrió por segunda vez y la tía Eglantine, con la cara amoratada, apareció en la entrada, echando chispas y sosteniendo un dragón con cada brazo.

—¡ARCHIBALD! ¡PRUNELLA! ¡SAM! ¡Estoy ENFADADA! ¡MUUUY ENFADADA! ¿A QUÉ…, exactamente a QUÉ se debe vuestro comportamiento?

El tío Archie abandonó el abrazo de *sir* Giles y comenzó a temblar.

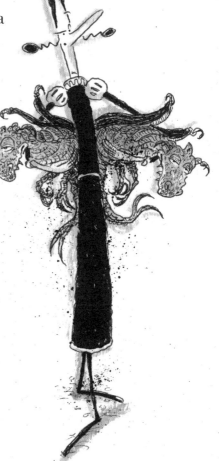

—Quer… querida —tartamudeó—.
Los niños… en peligro… aunque era miércoles…
pero al final era martes… Había que salvarlos…
No era mi intención…

—¿Que no era tu intención desobedecerme?
—Los ojos de tía Egg lanzaban chispas, y Sam
incluso hubiera jurado que le salía humo por las
orejas—. ¿¿¿QUE NO ERA TU INTENCIÓN???

—¡BASTA, mamá! ¡No seas tan absolutamente
INSUFRIBLE! —Prune se encolerizó y pateó
el suelo—. ¿No lo entiendes? Papá ha venido hasta
aquí porque creyó que nos habíamos metido
en un lío. ¡Déjalo ya! SIEMPRE estás dándole
órdenes, y él solo quería ayudarnos… ¡NO ES
JUSTO! ¿Verdad que no, Sam?

Sam sentía retortijones del miedo, pero estaba
decidido a salir en defensa de su tío.

—No, no lo es, tía Egg.

Por un instante, la tía Egg se quedó
boquiabierta. Estaba acostumbrada a las
contestaciones de Prune, pero Sam nunca
la había desobedecido ni replicado hasta

ese momento. Trataba de averiguar cómo abordar aquel asunto cuando de pronto uno de los dragones lanzó un alarido de indignación.

—¡Alarido-ido! ¡Alarido-ido! ¡Panzón malherido-ido!

—Silencio, pichurrín —la tía Egg meció al animal—. La tía Eglantine está haciendo todo lo que puede para que te sientas mejor.

—Están pachuchos —la interrumpió *sir* Giles, quien se había ocultado en la esquina más sombría del sótano tras la llegada de tía Eglantine—. Pobres dragones. No me extraña que se quejen. ¿Habéis probado a darles manzanas verdes? Eso los curará.

—¿Qué los curará? —se expresó con virulencia la tía Egg—. ¿Quién habla? ¿Y cómo lo sabe? ¿Cuánto tardarán en reponerse?

—Un instante, mi señora. —*Sir* Giles se dirigió a continuación al bufón, que estaba a su lado—: ¿Qué guardáis en vuestro bolsillo?

Cascabeles
hizo una pirueta.

—Una manzana
al día. ¡Adiós,
molestias,
hola, alegría!
—cantó, y a continuación
se sacó del bolsillo
una manzana grande
y apetitosa—. ¡Tomad,
querida señora!
—Y le lanzó a la tía
la manzana desde
el otro extremo del sótano.

La tía Egg la atrapó al vuelo, pero antes
siquiera de que le diera tiempo a inspeccionar
la fruta, los dos dragones se la habían arrebatado.

—¡Rico! ¡Rico! —entonaron tras partirla
en dos y engullirla entre chillidos de placer.
Al cabo de un rato, se sentaron, radiantes
de energía y vitalidad—. ¡Chillido! ¡Chillido!
¡Panzón agradecido!

AQUELLA QUE NO SONRÍE

La tía Egg emitió un prolongado suspiro
de alivio, seguido de una reticente sonrisa.

—Supongo —dijo— que ahora debería darle
las gracias, a quien quiera que sea.

El viejo caballero se inclinó entre las sombras.

—Perded cuidado, mi señora.

—¡De eso nada! —Prune avanzó por el suelo,
arrastrando con ella a Sam—. Mamá, si quieres
darle las gracias a *sir* Giles como es debido, deberías

permitirle a papá bajar aquí para visitarlo. —Al ver cómo se ensombrecía la cara de su madre, la joven propinó un codazo a Sam—. Anda, díselo tú.

—Son grandes amigos desde hace muchísimo tiempo, y se han echado mucho de menos —argumentó Sam—. No estaría mal que pudieran verse los martes…

La tía Eglantine no se mostró mucho más contenta, y Sam se esforzó por dar con una buena solución.

—Supón por un momento que una de las criaturas regias cae enferma, tía Egg… Podrías contárselo al tío Archie, y luego él podría consultarle a *sir* Giles cómo hacer para que recobre la salud.

La cara de la tía Egg se iluminó de pronto, y la mujer dirigió su mirada hacia la tenebrosa esquina en donde se escondía *sir* Giles.

—Está bien… Posees conocimientos sobre criaturas regias… Porque es así, ¿verdad?

—Trancazos azulados, varios tipos de cojera, piernas combadas, ojos bizcos, plagas devastadoras, forúnculos y mal sabor de boca. ¡Lo sabe todo sobre ellos! —interrumpió Cascabeles emergiendo de entre las sombras—. ¡Un experto en la materia! Aún no se ha dado el caso de que un animal bajo su cuidado no haya logrado sanar.

—Entiendo… —La tía Egg masajeó los buches de sus dragones mientras sopesaba la situación—. Hummm… En realidad, no creo que…

—¿Será posible? —Prune suspiró con impaciencia—. Sabía que no serviría de nada hablar contigo. No eres más que una aguafiestas,

mamá. ¡No me extraña que te llamen Aquella que no sonríe! —refunfuñó la joven frente a su madre, pero antes de que la pataleta fuera a peor, Sam la agarró del brazo.

—No estás siendo justa, Prune. ¡Dale una oportunidad a la tía Egg! Todavía no sabes qué es lo que iba a decir.

—Así se habla, chico. ¡Así se habla! —El tío Archie palmeó la espalda de Sam, que al momento recibió más ánimos desde el rincón.

La tía Egg miró a Prune con una mezcla de asombro y de horror.

—Conque Aquella que no sonríe, ¿eh? —repitió.

—Eso es —Prune asintió con énfasis—. Y está bien claro por qué.

Sam, ciertamente incómodo, tosió.

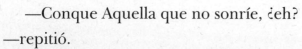

—Alguna que otra vez sí que sonríes, tía Egg. Estoy seguro de haberte visto sonreír por lo menos… veamos, ¡por lo menos cinco veces!

La duquesa del Castillo Mothscale lo miró atentamente.

—Gracias, Sam. ¿Cinco veces? Bueno, bueno, bueno… Tendré que meditarlo. Entre tanto, tu sugerencia me parece sensata; mis animales son importantes… —Aquí hizo una pausa para dirigir su mirada a Prune—, pese a que ALGUNOS miembros de mi familia no sepan valorar los beneficios que reportan. ¡Archibald!

El tío Archie pegó un respingo.

—¿Sí, querida?

—He tomado una decisión. Puedes visitar este sótano dos veces al mes, desde las dos en punto hasta las tres de la tarde. En cualquier otro momento, deberás comunicármelo con antelación. Y ahora debo llevar de vuelta a mis pichurrines a sus cestas. Prune y Sam, os espero en cinco minutos en el descansillo, arriba. ¡Y no hay excusa que valga! —sentenció la tía Egg, pasándole al tío Archie uno de los dragones. Y, acto seguido, ambos abandonaron el sótano.

Tan pronto como el sonido de sus pasos dejó de escucharse, *sir* Giles salió de su escondite.

—Os lo agradezco humildemente —reconoció. Hizo una reverencia frente a Sam, cogió la cadena de oro que rodeaba su cuello y se inclinó para colocársela al chico—. Aprendiz de caballero, habéis practicado el arte del combate justo

y os habéis mostrado clemente
en la victoria.

Sam se ruborizó.

—¡Gracias! Muchas gracias,
sir Giles.

—¡Eh! —exclamó Prune—. ¿Y yo qué?

Sir Giles pestañeó.

—A decir verdad, joven dama, vos me habéis
devuelto a mi noble amigo, motivo por el cual
os estoy muy agradecido. Si bien me temo que
aún debéis aprender la virtud de la clemencia.

Prune, con aire impenitente, dejó escapar
una risilla.

—No me veo yo aprendiendo eso… Yo soy
más como el Gusano Nudoso. No se preocupe
porque papá solo tenga permiso para venir
a verlo dos veces al mes. Si no es por esto, es
por aquello, pero los animales de mamá siempre
tienen algo. Le digo yo que papá se presentará
aquí un día sí y otro también. En fin, será mejor
que subamos si no queremos que mamá vuelva
hecha una hidra. ¡Vamos, Sam!

—Voy —respondió
Sam—. Adiós, *sir* Giles,
y hasta la próxima, señor
Cascabeles. Nos veremos
pronto.

Sir Giles desenvainó
su espada y la alzó en el aire.

—Sam J. Butterbiggins,
aprendiz de caballero,
y Prunella, su fiel
compañera…
¡Yo os saludo!

¡¡¡GUAU, GUAU, GUAU!!! ¡Vaya día! He terminado con éxito mi quinta misión. Y eso quiere decir que ya solo me queda ¡UNA! ¡Yupiii! Y a la hora del té, la tía Egg no ha dicho NADA sobre el hecho de habernos encontrado en el sótano con la armadura y todo lo demás... ¡Hasta ha sonreído DOS VECES! El tío Archie no dejaba de juguetear con su bigote. Nunca antes lo había visto tan feliz. Aunque cuando Prune le preguntó por qué él no tenía un bufón, la tía Egg frunció el ceño y vimos claro que era mejor cambiar de tema y ponernos a hablar del tiempo.

Por cierto, ¡ya no nieva!